AF602359

23 Novembre 1896

Succession de Mme la Marquise de S...

BEAU MOBILIER

BIJOUX

Brillants, Perles et Pierres de couleur

COLLIER DE NEUF RANGS DE PERLES

Riche Parure en émeraudes

ARGENTERIE

MEUBLES ET BRONZES DU TEMPS DE L'EMPIRE

Sculptures, Objets de vitrine et d'étagère

TABLEAUX ANCIENS

Tapis d'Orient, Rideaux, Garde-Robe, Dentelles, Linge

EXPOSITION PUBLIQUE

Le Dimanche 22 Novembre 1896, de 1 heure 1/2 à 5 heures 1/2

HOTEL DROUOT, SALLE N° 6

COMMISSAIRE-PRISEUR

Me Gustave AUREAU

Rue des Petites-Écuries, 39

EXPERTS

M. Albert LINZELER	M. B. LASQUIN
Rue de la Victoire, 56	Rue Laffitte, 12

PARIS — 1896

IMPRIMERIE MAULDE ET RENOU

MAULDE, DOUMENC & Cie

IMPRIMEURS DE LA COMPAGNIE DES COMMISSAIRES-PRISEURS

Rue de Rivoli, 144. — Paris

Succession de Mme la Marquise de S...

CATALOGUE

DE

BEAU MOBILIER

BIJOUX

Ornés de Brillants, Roses, Perles et Pierres de couleur

COLLIER DE NEUF RANGS DE PERLES

Riche Parure en émeraudes

ENVIRON 45 KILOGR. D'ARGENTERIE

MEUBLES ET BRONZES DU TEMPS DE L'EMPIRE

Sculptures, Objets de vitrine et d'étagère

TABLEAUX ANCIENS

Parmi lesquels deux œuvres importantes de **J.-B. WEENIX**

GRANDS TAPIS D'ORIENT

Rideaux. Tentures. Garde-Robe. Dentelles, Linge. Literie. Objets variés

DONT LA VENTE AURA LIEU

Après le décès de Mme la Marquise de S...

Et à la requête de M. LAVAREILLE. Administrateur judiciaire

HOTEL DROUOT, SALLE N° 6

Les Lundi 23, Mardi 24, Mercredi 25, Jeudi 26 et Vendredi 27 Novembre 1896

A DEUX HEURES

EXPOSITION PUBLIQUE

Le Dimanche 22 Novembre 1896. de 1 heure 1/2 à 5 heures 1/2

COMMISSAIRE-PRISEUR

Me Gustave AUREAU

Rue des Petites-Écuries, 39

EXPERTS

M. Albert LINZELER
Rue de la Victoire, 56

M. B. LASQUIN
Rue Laffitte, 12

CHEZ LESQUELS SE TROUVE LE CATALOGUE

CONDITIONS DE LA VENTE

Elle sera faite au comptant.

Les Acquéreurs paieront CINQ POUR CENT en sus de leur prix d'adjudication.

L'Exposition mettant les Acquéreurs à même de se rendre compte de l'état et de la nature des objets, aucune réclamation ne sera admise, une fois l'adjudication prononcée.

MAULDE, DOUMENC et Cie, imprimeurs de la Cie des Commissaires-Priseurs
rue de Rivoli, 144 800—62426

DÉSIGNATION

BIJOUX

1 — Un Collier de neuf rangs de perles fines (ensemble 705 perles), avec fermoir orné d'une émeraude et de brillants.

2 — Une Broche, composée d'une grosse émeraude carrée entourée de brillants avec un pendant émeraude poire et brillants.

3 — Deux Boucles d'oreilles, composées de deux émeraudes forme poires, entourées de brillants.

4 — Une Rivière, composée de quarante-deux chatons ornés chacun d'un brillant.

5 — Une Parure, composée de cinq épingles et d'une broche (marguerites), serties en brillants.

6 — Deux Boucles d'oreilles ornées chacune d'un brillant.

7 — Une Broche, forme ancre, pavée tout en brillants.

2.

8 — Une Broche de corsage avec pampilles ornées de brillants et de roses.

9 — Une Applique ornée d'une émeraude carrée avec brillants, monture or et émail noir.

10 — Un Bracelet orné d'un brillant, monture or avec émail noir.

11 — Une Broche camée, monture or, avec entourage de perles et de petits brillants.

12 — Une Garniture, composée de treize boutons pavés de rubis et de roses.

13 — Deux Boucles d'oreilles, topazes ornées de perles et de roses.

14 — Une Bague, rubis entouré de brillants.

15 — Une Bague, émeraude entourée de brillants.

16 — Une Bague ornée de cinq brillants.

17 — Une Bague, turquoise montée or.

18 — Une Bague, améthyste cabochon ornée de roses.

19 — Une Parure camées, composée de : un Collier, un Bracelet, une Broche et deux Boucles d'oreilles, monture or.

20 — Une Parure, tout or, composée de : deux Bracelets, un Collier et deux Boucles d'oreilles.

21 — Une Tabatière or, avec chiffre impérial émaillé.

22 — Une Tabatière, style Empire, en bas or.

23 — Une Bonbonnière écaille, monture or.

24 — Une Boucle de ceinture avec améthyste, monture or émaillé.

25 — Une Montre d'homme or, à sonnerie, de Bréguet.

26 — Une Montre d'homme savonnette or à remontoir.

27 — Une Montre d'homme or rouge à répétition.

28 — Une Montre d'homme or rouge, cadran d'argent.

29 — Une Montre d'homme or rouge, cadran émail.

30 — Une Montre de dame or, fond émaillé.

31 — Collier et Boucles d'oreilles, camées monture or avec petites perles.

32 — Deux Bracelets filigrane or, fermoirs avec améthystes.

33 — Un Bracelet or avec émail bleu.

34 — Un Bracelet chaîne plate, or mat.

35 — Un Collier chaîne serpent, or mat.

36 — Deux Boutons de manchettes or avec améthystes et roses.

37 — Un Médaillon améthyste et perles, monture or.

38 — Un Médaillon lapis, monture or.

39 — Un Flacon cristal, monture or.

40 — Un Cachet topaze gravée, monture or.

41 — Broche et Boucles d'oreilles or, demi-perles et roses.

42 — Trois Bracelets or, dont un avec émeraudes.

43 — Deux Epingles améthyste et perles, monture or et émail.

44 — Quatre Chaînes or.

45 — Une Broche et une Épingle de cravate, genre étrusque, monture or mat.

46 — Deux paires Boutons manchettes onyx et topazes, et deux paires Boucles d'oreilles onyx et améthystes, monture or.

47 — Quatre Broches mosaïques, et un Médaillon onyx, monture or.

48 — Deux Bagues, genre ancien, avec brillants et roses.

49 — Cinq Bagues diverses et sept Alliances or.

50 — Neuf Bagues, modèles divers, monture or.

51 — Deux Colliers et une paire Boucles d'oreilles, monture or avec roses.

52 — Cinq Épingles de cravates, monture or, modèles divers.

53 — Deux paires Pendants d'oreilles, émail et corail, monture or.

54 — Quatre paires Boucles d'oreilles, modèles divers, monture or.

55 — Lot composé de quatorze pièces, monture or.

56 — Lot de Pierres diverses.

57 — Lot de Débris d'or et d'Objets dépareillés.

58 — Deux Emblèmes francs-maçonniques, monture argent doré et strass.

59 — Deux Peignes argent doré avec Perles et Pierres de couleur.

60 — Une Bonbonnière argent doré avec grenats et turquoises.

61 — Une Bonbonnière argent, style Louis XV.

62 — Une Bonbonnière argent filigrane.

63 — Lot de huit Bracelets, monture argent.

64 — Deux Montres argent.

65 — Lot d'Objets divers en argent.

66 — Lot composé de nombreux Bijoux faux.

67 — Fort lot de Bijoux écaille et nacre, Colliers en jais, ambre et Perles fausses.

68 — Lot de bijoux en strass, monture argent.

69 — Deux Épaulettes et un Parement, en argent fin.

ARGENTERIE

70 — Un Service en argent, style Renaissance, composé de quatre pièces : Théière, Cafetière, Sucrier et Pot à crème.

71 — Une Soupière argent, style Empire, avec plateau et couvercle.

72 — Deux Plats ovales argent uni.

73 — Quatre Plats ronds, argent uni.

74 — Quatre Plats ronds argent, plus petits.

75 — Grand Plateau ovale argent, style Empire.

76 — Service à dessert argent doré, composé de : douze Couverts d'entremets, douze Cuillers à café, deux Cuillers à compote, deux Cuillers et une Pince à sucre, douze Couteaux lames acier et douze Couteaux lames argent.

77 — Service en argent, modèle coquille, composé de : douze Couverts de table, vingt-quatre Couverts d'entremets, douze Cuillers à café, une Pince à sucre, douze Couteaux de table, manches argent, vingt et un Couteaux à dessert, lames acier, manches argent.

78 — Douze Couverts de table, argent à filets.
Douze Cuillers à café, argent à filets.
Douze Couteaux de table, argent.

79 — Douze Couverts d'entremets, argent doré.

80 — Deux Boîtes renfermant trente-six Couteaux à dessert, lames argent, manches ébène avec écusson argent.

81 — Boîte renfermant trente-six Couteaux de table, manches argent et deux Services à découper.

82 — Boîte de douze Fourchettes à huîtres, manches ivoire, monture argent.

83 — Grande Théière, argent anglais, modèle à côtes.

84 — Grande Cafetière, argent à côtes, anse ébène.

85 — Grand Vase à anse argent, intérieur vermeil.

86 — Grand Sucrier cristal, style Empire, monture argent.

87 — Grand Bol argent, intérieur vermeil.

88 — Petit Service à thé, argent, composé de trois pièces : Théière, Sucrier et Crêmier.

89 — Cafetière et Crémier argent, manches ébène, intérieurs vermeil.

90 — Cafetière verseuse argent (russe).

91 — Deux Boîtes à thé et à café, en argent.

92 — Deux Saucières argent, forme bateau, à anses, avec plateaux en métal argenté.

93 — Sucrier cristal bleu, monture argent.

94 — Quatre Flambeaux argent, pieds ovales.
Deux Flambeaux argent, à guirlandes.
Deux Flambeaux argent, unis.
Deux Flambeaux argent, à rosaces.
Quatre Flambeaux argent, à rosaces, plus petits.

95 — Une Buire avec plateau, style Renaissance, argent étranger.

96 — Un Vidrecome argent repoussé, style Renaissance.

97 — Une Buire à anse, argent repoussé, genre ancien.

98 — Un Gobelet argent repoussé.

99 — Un Brûle-parfums argent, forme urne, à côtes, style Empire.

100 — Un Pot a crème agent, intérieur vermeil, anse ébène.

101 — Une Passoire argent uni.

102 — Un grand Verre cristal, pied argent.

103 — Un petit Poêlon argent, manche ébène.

104 — Quatre Salières argent repoussé.

105 — Deux Salières carrées argent.

106 — Une Salière argent coquille, à trois pieds.

107 — Un Plat à barbe argent.

108 — Un Dessous de carafe argent, style rocaille.

109 — Un petit Plateau argent doré et repoussé.

110 — Un petit Plateau argent repoussé à jour.

111 — Un Coffret palissandre, renfermant un nécessaire de toilette argent doré, style Louis XV, fabrication anglaise.

112 — Un Coffret acajou renfermant un nécessaire de toilette argent.

113 — Un Écrin renfermant un petit nécessaire de table composé de sept pièces argent doré, style Louis XV, avec peinture sur émail.

114 — Un Écrin renfermant un Couvert d'entremets, un Couteau et une Cuiller à café argent doré.

115 — Écrin renfermant un service à découper, manches argent.

116 — Deux Timbales argent.

117 — Passoire à thé argent.

118 — Porte-fleurs filigrane argent.

119 — Une Cuiller à fruits et quatre Louches argent.

120 — Un Couvert à salade ivoire, manches argent.

121 — Truelle à poisson argent, manche ivoire.

122 — Écrin renfermant Couvert, Couteau et Cuiller à café argent.

123 — Un Couteau manche nacre, lame et monture argent doré.

124 — Trente-cinq Couteaux fantaisie, lames acier, manches ébène, montures argent.

125 — Six Porte-Couteaux argent.

126 — Quatre petites Cuillers argent, dépareillées, et un Couvert d'enfant.

127 — Pince et Cuiller à sucre argent, à filets.

128 — Deux Cuillers argent, style Renaissance.

129 — Lot composé de pièces argent : Mouchettes, Cuiller, Pince, Ciseaux à raisin et petites Pelles à sel.

130 — Lot d'Objets argent, dépareillés.

PLAQUÉ ET ARGENTURE

131 — Plateaux, Réchauds, Soupières, Huilier, Seau à champagne, Bouilloire, Sucrier, Dessous de carafes, Timbales, Moutardier, Salières, Pince à asperges, Pelles à sel, Manche à gigot, Casse-Noix, etc.

MÉDAILLES

132 — Lot Médailles et Monnaies or.

133 — Lot Médailles et Monnaies argent.

134 — Lot Médailles de bronze.

TABLEAUX

WEENIX (J.-B.)

135 — *Les petits Bergers.*

Au milieu d'un paysage borné par une colline à gauche, deux jeunes pâtres sont assis non loin de leur troupeau; le berger, en casaque rouge, une jambe posée sur les genoux de sa compagne en jupe jaune et corsage gris, lui montre du bras droit le groupe d'animaux.

A droite, à terre, un bât, un chapeau et deux pots à lait.

Au pied de la colline passent d'autres bestiaux.

Très bon tableau de l'artiste, signé à gauche et daté de 1662.

Toile : H. 0m68; L. 1m18.

WEENIX (J.-B.)

136 — *Paysage d'Italie.*

Pendant du précédent.

Dans un site montagneux éclairé par le soleil couchant se dressent à droite les ruines d'un temple antique à colonnes, sur le chemin un cavalier vêtu de rouge et accompagné de plusieurs chiens passe près d'une paysanne qui trait une vache.

Au centre un petit troupeau composé de quatre moutons, un veau et deux chèvres au repos.

A gauche s'étend un paysage arrosé par une rivière que traversent des bergers et leurs bestiaux.

Toile : H. 0m68; L. 1m18.

ANGELICO (D'après Fra)

137 — *Anges.*

Petites peintures de forme ronde.

BOUCHER (École de)

138 — *Allégorie de la Peinture.*

Sujet de quatre figures d'amours.

BOUCHER (École de)

139 — *Le Mouton favori*

BOUCHER (D'après)

140 — *La Leçon de flageolet,* pastorale.

BRIL (Paul)

141 — Paysage animé de figures, à gauche, le sujet de la *Fuite de la Sainte-Famille en Égypte.*

Peinture sur panneau.

COURTOIS (D'après Jacques)

142 — *Bataille.*

DOES (Jacob Van der)

143 — Paysage avec pâtres et moutons.

DOW (D'après Gérard)

144 — *Le Marchand de volailles.*

145 — *La Marchande de gibier.*

Deux pendants.

EISEN (Attribué à)

146 — *La Toilette de Vénus.*

Sujet de cinq figures d'enfants.

ÉCOLE FRANÇAISE (XVIIIe siècle)

147 — *Danse champêtre.*

Un joueur de cornemuse assis à gauche, fait danser un jeune couple, la danseuse vêtue d'une robe rose, le danseur coiffé d'un chapeau pointu à plumes, à droite un galant agenouillé devant une jeune femme assise.

ÉCOLE FRANÇAISE (XVIIe siècle)

148 — *Le Sommeil d'Endymion.*

149 — *Le Repos de Diane.*

Deux pendants de forme ovale.

ÉCOLE FRANÇAISE (XVIIIe siècle)

150 — Portrait de jeune Femme à mi-corps, en robe blanche.

Toile ovale.

ÉCOLE FRANÇAISE (XVIIIe siècle)

151 — Portrait de jeune Femme en buste, corsage bleu.

Ovale.

ÉCOLE FRANÇAISE (Genre de PRUD'HON)

152 — *L'Amour repenti.*

ÉCOLE FRANÇAISE

153 — Portrait de Femme en buste, costume Louis XVI, corsage vert avec roses.

ÉCOLE HOLLANDAISE

154 — *Le Passage du gué.*

Troupeau au repos.

Deux pendants.

ÉCOLE MODERNE

155 — Jeune Femme en buste, de profil à gauche, les mains jointes.

FRAGONARD (D'après)

156 — *L'heureux Ménage.*

GÉRARD (Mlle)

157 — Portrait de jeune Femme assise, vêtue d'une robe blanche, le bras gauche accoudé sur un guéridon, elle tient un médaillon.

LAGRÉNÉE

158 — *Jupiter*, *Junon* et l'*Amour*.

Toile ovale.

LARGILLIÈRE (Attribué à)

159 — Portrait de Femme en buste, de trois quarts à gauche.

Toile ovale.

LÉONARD DE VINCI (D'après)

160 — *La Cène.*

Peinture sur porcelaine.

METZU (D'après)

161 — *Le Duo.*

Peinture sur cuivre.

NETSCHER (Attribué à)

162 — Portrait de Femme vêtue d'un corsage rouge et d'une draperie bleue.

Toile ovale.

NETSCHER (Attribué à)

163 — Portrait d'une Musicienne.

NIGG (1813)

164 — Bouquet de Fleurs dans un vase sur une table de marbre.

Peinture sur porcelaine.

PFANHAUSER (1886)

165 — Portrait de Femme.

Peinture sur porcelaine.

RAPHAEL (D'après)

166 — *La belle Jardinière.*

RIGO (J. 1838)

167 — *Halte de soldats de l'armée d'Égypte.*

TIÉPOLO (École de)

168 — *Méléagre et Atalante.*

Agréable composition d'un grand nombre de figures.

VERNET (D'après JOSEPH)

169 — *Baigneurs dans une crique.*

170 — *Les Naufragés.*

Deux peintures sur porcelaine dans des cadres en bronze doré.

VIGÉE-LEBRUN (D'après)

171 — Portrait de l'Artiste.

Forme ovale.

X...

172 — Jeune Femme assise et lisant.

Peinture sur porcelaine, cadre en bronze doré.

X...

173 — Jeune Femme en buste d'après le GUERCHIN.

Peinture sur porcelaine.

174 — Album, Recueil de Caricatures, Aquarelles, Dessins, Gravures anglaises, Scènes militaires, Gouache, Feuille d'éventail Louis XVI, etc.

SCULPTURES

175 — **Marbre blanc.** Buste de jeune fille (XVIIIe siècle).

176 — **Marbre blanc.** Buste de Bacchante, allégorie de l'Automne.

177 — **Marbre blanc.** Enfant couché sur une draperie.

178 — **Marbre blanc.** Statuette de *Charmeuse de serpent.*

179 — **Marbre blanc.** Statuette de jeune fille tenant un oiseau.

180 — **Marbre blanc.** Buste d'enfant.

181 — **Marbre blanc.** Buste de jeune Napolitain. Signé Pocetti.

182 — **Marbre blanc.** Statuette de jeune Pâtre italien. Signé C. Lapini.

183 — **Marbre blanc.** Statuette d'Enfant, assis sur un tronc d'arbre.

184 — Fût de colonne, support en serpentine.

185 — Coupe en albâtre sculpté à pampres et pied forme de trois cygnes.

BRONZES

186 — Pendule du temps de l'Empire, en bronze vert et bronze doré, représentant une figure d'Indienne tenant un arc, assise sur le mouvement, une panthère et une tortue reposant sur un socle à gorge orné d'un bas-relief d'Enfants et de guirlandes de fleurs.

187 — Deux Candélabres du temps de l'Empire, en bronze vert et bronze doré, composés chacun d'une figure de femme avec draperies flottantes, debout sur une boule et tenant un flambeau de chaque main, socles triangulaires à pieds de bouc, palmettes et rinceaux.

188 — Deux Flambeaux cassolettes du temps de l'Empire, en forme de vases, sur socles carrés, en bronze patiné et bronze doré.

189 — Grande Garniture de cheminée en bronze à patine brune et bronze doré. La Pendule représente trois Enfants autour d'une sphère en bronze bleui et reposant sur un socle ovale à volutes guirlandes et tore de laurier, les Candélabres formés chacun d'une figure d'Enfant debout portant une corne d'abondance d'où s'échappe un bouquet de fleurs à sept lumières.

190-191 — Deux Lustres de style Louis XIV, à vingt lumières, en bronze doré, garni de cristaux : pièces d'enfilage et plaquettes.

192 — Lustre Louis XIV, à douze lumières en cuivre doré, garni de pyramides, de plaquettes et de pièces d'enfilage en cristal.

193 — Deux Groupes en bronze : *les Chevaux de Marly*, d'après Coustou.

194 — Statuette en bronze : *Gladiateur blessé.*

195 — Buste de l'Impératrice Marie-Louise, bronze à patine brune de l'époque de l'Empire.

196 — Grande Coupe ronde à deux anses cariatides et à quatre pieds griffes de lion en bronze argenté, à bas-relief d'enfants et bande de rinceaux.

197 — Pendule Louis XVI, dont le cadran repose sur un socle en bronze vert orné d'une couronne de laurier au centre, de deux rinceaux et d'épis sur les côtés, couronnement à bouquet de fleurs, base en marbre blanc à frise de jeux d'enfants, en bronze ciselé et doré.

198 — Pendule style Louis XV, et socle de suspension en marqueterie de cuivre et garniture de bronzes, la pendule surmontée d'une figure de Minerve.

199 — Petite Pendule du temps de l'Empire, représentant une jeune femme assise devant un bureau contenant le cadran, bronze doré.

200 — Lustre à bouquets de lis en bronze.

201 — Deux Statuettes d'enfants en bronze.

202 — Encrier en bronze argenté sur plateau, genre Renaissance.

203 — Une Coupe à ornements de feuillages et deux petits Flambeaux montés sur des éléphants.

204 — Galerie de foyer Empire, en bronze, ornée de lions couchés.

205 — Deux flambeaux Louis XVI, en cuivre argenté.

206 — Deux plats ronds, deux plats ovales en étain à sujets en relief et ornements.

207 — Pendule et deux candélabres à quatre lumières à figures d'enfants et faunes en bronze doré.

208 — Pendule de Raingo et deux candélabres à huit lumières, figures d'enfants en bronze doré.

209 — Deux Chenets de style Louis XVI, en bronze doré.

210 — Pendule du temps de l'Empire, en bronze doré, surmontée de la figure de Diane Chasseresse et ornée d'un bas-relief chasse au cerf.

211 — Deux grands Flambeaux style Louis XVI, en bronze doré.

212 — Petite Pendule du temps de l'Empire, en bronze doré, avec figure d'Eole, bas-relief et mascarons.

213 — Deux Flambeaux Louis XVI, en cuivre, à cannelures et festons de lauriers.

214 — Deux Chenets style Louis XIII, en cuivre, à boules et têtes de chérubins.

215 — Deux Flambeaux Louis XVI, en bronze argenté.

216 — Deux petits Lustres à six lumières, genre hollandais.

217 — Petit Buste de Voltaire, d'après HOUDON, bronze, de BARBEDIENNE.

218 — Petit Buste de Napoléon, d'après CANOVA, bronze, de BARBEDIENNE.

219 — Petit Buste du Prince Impérial, d'après CARPEAUX, bronze, de BARBEDIENNE.

220 — Deux Statuettes d'Enfants, Jardinières en albâtre.

221 — Petite Urne de style égyptien, en bronze vert.

222 — Vase persan en cuivre gravé et repercé.

223 — Porte-bouquet en cristal et bronze à cinq cornets.

PORCELAINES ET FAIENCES
ARTISTIQUES

224 — Deux Lampes montées sur des potiches en porcelaine du Japon, décor bleu, rouge et or, avec garniture de bronze doré, style Louis XV, à deux anses, gorge et socle en bronze doré.

225 — Deux Cornets en porcelaine à décor, style japonais, montés sur socles en bronze.

226 — Coupe ronde en faïence de Satzuma, décorée de nombreuses figures, socle de style japonais en bronze.

227 — Coupe ronde en ancienne porcelaine du Japon, avec monture à deux anses et piédouche de style Louis XV, en bronze doré.

228 — Coupe ronde en porcelaine de Canton, avec monture à anses grecques, en bronze doré.

229 — Deux vases en porcelaine de Limoges, fond vert d'eau, à bouquets de fleurs et vases divers en faïence artistique.

230 — Deux peintures sur faïence, d'après HOGARTH, sujets humouristiques, Cadres rocailles à contours.

231-232 — Deux grands Groupes et trois Statuettes en porcelaine décorée.

233 — Vase lenticulaire en porcelaine de Chine émaillée.

234-240 — Diverses pièces en faïence artistiques et porcelaine décorée : Coupe montée en bronze, brasero bleu turquoise, Coupes, etc.

241 — Deux Chiens en serpentine.

242 — Deux grands Vases en faïence de Ginori, à deux anses et ornements en relief, la panse décorée des sujets : *Les Forges de Vulcain* et *l'Ivresse de Silène*.

243-246 — Treize Pièces : Plateau, Coupes et Assiettes en faïence italienne décorée. Style Renaissance.

247 — Jardinière ovale en faïence de Moustiers et un Vase à quatre goulots en faïence de Savone.

248 — Un Cornet en vieux Chine, fond brun, émaillé en couleurs.

249 — Un Bol et deux Assiettes en porcelaine décorée, genre Saxe.

250-251 — Deux Bustes en biscuit : Bonaparte, premier consul, et Marie-Antoinette.

252-257 — Quatre Groupes et quatorze Figurines en porcelaine décorée moderne de Saxe et imitation.

258-263 — Environ quarante Pièces : Tasses, Soucoupes, Boites, Aiguières, Coupes, Flacons en porcelaine de Saxe et porcelaine décorée.

264-270 — Environ trente Pièces en porcelaine et faïence moderne de Chine, du Japon, de Buda-Pesth, Verrerie artistique, Vases à fleurs, Coupes, Poterie de Satzuma.

CURIOSITÉS, OBJETS DIVERS

271 — Deux Socles carrés, formés de plaques en biscuit peint en grisaille, offrant sur une face, l'un un médaillon ovale représentant *Hercule et Omphale*, l'autre un bas-relief rectangulaire représentant *Mercure et Pégase*, en biscuit de Wedgwood.

272 — Deux Flambeaux cassolettes, style Louis XV, formés chacun d'une petite urne en marbre rouge, montée sur un trépied en bronze doré.

273 — Boite de Pistolets de tir.

274-275 — Six Miniatures de l'époque Louis XVI et de l'Empire, trois Portraits d'hommes et trois Portraits de femmes.

276-277 — Quatre petites Peintures sur porcelaine, de forme ovale : *Vestale*, d'après Angelica Kauffmann ; *Retour du Chasseur*, Danseuse et Tête d'enfant.

278 — Petite Peinture dans un cadre Louis XIV : Étude de chèvre.

279 — Deux Pièces en mosaïque de Rome : Tourterelles et Chien couché.

280-283 — Neuf Miniatures, dont six Portraits de l'époque Louis XVI, une Tête de jeune fille, genre Greuze, un sujet de deux Amours en grisaille et une Tête de femme.

284 — Deux petites Peintures sur porcelaine : *Madone entourée de donateurs*. Style gothique.

285 — Petite Peinture : *Vierge et Jésus*, dans un cadre octogone. Style Louis XIII.

286 — Miniature sur ivoire : *Vierge et Jésus*, d'après Fra Bartolomeo.

287 — Un Plateau rond en émail cloisonné du Japon.

288 — Jardinière en émail cloisonné de Chine, fond turquoise.

289 — Petit Cabinet chinois en ivoire sculpté, renfermant trois tiroirs.

290 — Plaque rectangulaire peinte en émaux de couleurs, par E. Coblentz, représentant l'*Embarquement de Marie de Médicis*.

291 — Miroir ovale dans un encadrement rectangulaire, en mosaïque, à fleurs et oiseaux, exécutée en émaux de couleurs.

292 — Deux Vases balustres en émail cloisonné, fond turquoise.

MEUBLES

293 — Table de style Louis XVI, à pieds carrés cannelés de cuivre, en bois d'acajou et marqueterie de bois de couleurs à fleurs et encadrements; la ceinture à ressaut, garnie de rinceaux, de deux bas-reliefs d'enfants et de deux culs-de-lampe en bronze doré.

294 — Ameublement de salon de style Empire, en bois sculpté et doré, garni de brocatelle à larges feuillages en rouge sur fond jaune d'or. Il est composé d'un grand Canapé et de six Fauteuils à bras volutes ornés de feuillages, pieds griffes de lion et à dossier renversé, orné, ainsi que la ceinture, de rosaces et de palmettes.

295 — Ameublement de salon de style Louis XVI, en bois doré, à cannelures, garni de damas rouge. Il est composé d'un grand Canapé, un petit Canapé et de six Fauteuils.

296 — Console de style Louis XVI, en bois sculpté et doré, à ceintures de rosaces, quatre pieds fuselés et cannelés reliés par un croisillon supportant un groupe de colombes. Dessus de marbre.

297 — Deux Consoles de même modèle, mais plus petites.

298 — Deux Fauteuils Louis XVI, de dimensions variées, en bois peint en blanc.

299 — Deux Meubles d'entre-deux en bois noir, à marqueterie de cuivre garni de bronzes, genre BOULLE. Dessus de marbre blanc.

300 — Autre Meuble d'entre-deux, à côtés obliques et à contours en bois noir et marqueterie de cuivre. Dessus de marbre blanc.

301 — Écran de style Louis XIV, en bois doré, feuille en tapisserie au point.

302 — Petite Armoire à deux portes en bois de placage marqueté, de forme Louis XV, renfermant neuf tiroirs. Dessus en brocatelle.

303 — Petite Table-Bureau à un tiroir, de la fin du XVIIIe siècle, en bois d'acajou incrusté de filets de cuivre.

304 — Petite Commode Louis XVI, à deux tiroirs, en marqueterie de bois de rose, à damier, garnie de bronzes et à dessus de marbre.

305 — Console Louis XVI, en acajou, à moulures de cuivre, tablette d'entrejambes et dessus de marbre blanc.

306 — Petit Pupitre Louis XV, ouvrant à abattant, en bois de rose marqueté, à bouquet de fleurs.

307 — Table légère, forme rognon, en bois de rose, dessus entouré d'une galerie de cuivre.

308 — Grand Meuble italien à étagère, à côtés obliques et à fronton, en bois sculpté, à cartouches, rinceaux, médaillon, de style Renaissance. Les montants formé de cariatides et de mascarons.

309 — Banquette à dossier et accotoirs, en bois sculpté, de style Renaissance.

310 — Étagère d'applique italienne, en bois sculpté et doré.

311 — Petit Guéridon-Support à tige torsade et trépied, en bois sculpté.

312 — Lit de milieu, style Louis XVI, en acajou, à colonnettes détachées et cannelées, garni de moulures de cuivre.

313 — Table de nuit Louis XVI, ovale, en acajou, à dessus de marbre blanc.

314 — Bureau Bonheur-du-Jour, genre Louis XV, en bois de rose, orné de plaques de porcelaine décorée et de bronzes.

315 — Meuble à trois vantaux vitrés, en bois noir incrusté d'ivoire.

316 — Commode Louis XIV, en bois de placage, à moulures de cuivre.

317 — Toilette, en marqueterie, ornée de bronzes.

318 — Armoire à glace, en acajou, du temps de l'Empire, ornée de trois encadrements de feuillages et d'un bas-relief à figures d'amours, naïades et barques sur les eaux.

379 — Petit Bureau Empire, en acajou, garni de poignées de cuivre.

380 — Commode Louis XV, de forme contournée, en bois de placage, garnie de chutes et de poignées en bronze. Dessus de marbre.

381 — Petit Secrétaire, de forme droite, à pans coupés, du temps de l'Empire, en acajou, garni de chutes et d'ornements, appliques à palmettes en bronze ciselé et doré. Dessus de marbre.

382 — Commode Empire, en acajou, de même ornementation.

383 — Meuble du temps de l'Empire, en acajou, ouvrant à deux portes et contenant quatre tiroirs à l'anglaise. Les trois montants ornés de têtes égyptiennes en bronze doré. Dessus de marbre.

384 — Table de bouillotte, forme ronde, en acajou, du temps de l'Empire.

385 — Armoire d'encoignure Louis XIV, de forme arrondie, à deux portes, en bois de placage, avec montants cannelés de cuivre.

386 — Console Louis XVI, en acajou, à pieds et montants cannelés de cuivre, tablette d'entrejambes et dessus de marbre blanc.

387 — Deux Meubles d'entre-deux, à deux portes, en marqueterie de bois, à bouquets de fleurs, ornés de bronzes, et dessus de marbre.

388 — Deux Piédestaux carrés, du temps de l'Empire, en bois d'acajou, garnis de moulures, de palmettes

et d'une figure d'amour, dans un motif d'ornements en losange, en bronze ciselé et doré.

389 — Guéridon Louis XVI, à quatre pieds cannelés, en acajou et moulures de cuivre.

390 — Petit Cabinet Louis XIII, ouvrant à trois tiroirs, en ébène incrusté d'ivoire et offrant huit sujets de chasse au sanglier dans des encadrements gravés.

391 — Petit Écran vide-poche mobile en acajou.

392 — Petite Table légère, forme rognon, en acajou.

393 — Petit Écran Empire, en acajou.

394 — Pendule Empire, à colonnes en acajou, mouvement à secondes.

395 — Armoire bretonne, à deux portes, en bois sculpté et à petits balustres à jour.

396 — Table-bureau de même style.

397 — Table de salon en marqueterie, de cuivre garnie de bronze.

398 — Table à ouvrage, forme Louis XV, en bois de rose, ornée de bronzes, de chez Tahan.

399 — Petit Bureau de dame, genre Louis XV, ouvrant à abattant, en bois marqueté, garni de plaquettes de porcelaine décorée et de bronzes.

400 — Guéridon étagère en bois doré, genre chinois.

401 — Cabinet en laque du Japon.

402 — Fauteuil italien, de forme quadrangulaire, en bois sculpté, garni de satin jaune broché.

403 — Paravent à quatre feuilles, en soierie Louis XV brochée, à fleurs, sur fond bleu clair.

404 — Paravent à quatre feuilles en satin grenat, orné de broderie à sujets chinois.

405 — Un Canapé et quatre Fauteuils en satin jaune capitonné.

406 — Un Fauteil confortable, garni en broderie chinoise et peluche bleue.

407 — Deux petites Étagères-appliques en bois de rose, garnies de plaques de porcelaine.

408-415 — Divers petits meubles de fantaisie : Guéridon triangulaire laqué, Table à thé, Coffre à dentelles en bois de rose, Papeterie, Coffrets.

416 — Miroir ovale, à fronton, en verre de Venise gravé.

TAPIS, RIDEAUX

417 — Grand Tapis de Smyrne à dessin rouge, bleu et vert. 6^{m} sur 4^{m},60.

418 — Grand Tapis persan à dessin multicolore de 5^{m},10 sur 4^{m}.

419 — Grand Tapis persan de 7^{m},50 sur 5^{m},90.

420 — Rideaux de Fenêtres et de Lit en damas de soie, satin, guipure, et autres.

GARDE-ROBE, DENTELLES, FOURRURES, LINGE

421 — Robes en soie et velours, garnies de dentelles, Jupes en application et Chantilly, Manteau en loutre, Manteau en fourrure, Cachemires de l'Inde, Châles divers, Tapis de table en velours, Dessus de lit guipure et satin bleu, Coupons de soie et de dentelles, Éventails en plumes.

Linge de corps et de ménage Draps, Taies, Serviettes, Tabliers, etc., Service de table.

MEUBLES COURANTS (*)

Lit Bateau en acajou.

Armoire à Glace en palissandre.

(*) **NOTA. — Une vacation ultérieure comprendra les Meubles et Ustensiles de cuisine, les Services de table, le reste de la Garde-Robe et du Linge, les Livres, le Vin et les Chambres de domestiques.**

Table de nuit à volets en palissandre, un Guéridon acajou, une Toilette.

Chaise acajou et moquette.

Meuble de salon en acajou et damas rouge : Un Canapé, deux Fauteuils, six Chaises.

Buffet, Table et Dressoirs de salle à manger en chêne sculpté.

Suspension de salle à manger.

Buffet d'encoignure à étagère en acajou, un Fauteuil, deux Chaises, genre Henri II, en noyer garni de cuir, un Porte-Chapeaux en acajou, etc., etc.

IMPRIMERIE MAULDE, DOUMENC ET Cie
RUE DE RIVOLI, 144 — PARIS

www.ingramcontent.com/pod-product-compliance
Ingram Content Group UK Ltd.
Pitfield, Milton Keynes, MK11 3LW, UK
UKHW020507180726
13839UKWH00004B/1946

9 782329 474809